손으로 꾹꾹
눌러쓰며 힐링하는
명언필사

손으로 꾹꾹
눌러쓰며 힐링하는
명언필사

초판 1쇄 인쇄 ┃ 2017년 3월 15일
초판 1쇄 발행 ┃ 2017년 3월 20일

엮은이 ┃ 채 빈
펴낸이 ┃ 박영욱
펴낸곳 ┃ (주)북오션

편 집 ┃ 허현자
마케팅 ┃ 최석진
표지 및 본문 디자인 ┃ 서정희 · 민영선

주 소 ┃ 서울시 마포구 서교동 468-2
이메일 ┃ bookrose@naver.com
페이스북 ┃ facebook.com/bookocean21
블로그 ┃ blog.naver.com/bookocean
전 화 ┃ 편집문의: 02-325-9172   영업문의: 02-322-6709
팩 스 ┃ 02-3143-3964

출판신고번호 ┃ 제313-2007-000197호

ISBN 978-89-6799-323-8 (03800)

이 도서의 국립중앙도서관 출판예정도서목록(CIP)은 서지정보유통지원시스템
홈페이지(http://seoji.nl.go.kr)와 국가자료공동목록시스템
(http://www.nl.go.kr/kolisnet)에서 이용하실 수 있습니다.
(CIP제어번호: CIP2017004235)

손으로 꾹 꾹
눌러쓰며 힐링하는

명언
필사

채 빈 엮음

북오션

우리들은 살면서 하루하루, 매순간마다 선택과 고민과 갈등과 방황을 수없이 만나게 됩니다. 가끔 어떤 상황과 순간에 딱 한 마디를 하고 싶은데, 누군가 그 때를 위한 적절한 말을 이미 해 놓았다면 얼마나 다행일까요! 명언은 유명한 사람들의 유명한 말입니다. 그렇지만 그 말을 필요로 하는 사람들에게는 나의 말이자, 나의 고백이며, 나의 신념이 될 수 있습니다. 명언이 오늘날에도 유유히 살아남아 있는 이유입니다.

신언서판(身言書判)이라 하여 글씨가 한 사람의 됨됨이를 판단하는 기준이던 시절도 있었습니다. 글쓰기와 글자 쓰기는 하나의 행동으로 글씨를 통해 인격과 학문의 깊이를 드러내고, 출세도 하고, 높은 관직을 얻기도 했습니다. 그래서 한 자 한 자 써내려가는 일에 몸과 마음과 생각을 다하여 정성을 담아야 했지요.

손으로 쓰는 일은 뇌의 활동을 자극하는 좋은 작업입니다. 눈과 손의 협응력이 자극되고 글씨를 쓰는 순간에도 생각을 정리하고 다듬는 과정에서 창조적인 새로운 아이디어도 떠오릅니다. 무엇보다 한번 쓴 글씨는 오래 남아 작은 역사가 됩니다. 마음속 깊이 간직하여 언제든 되짚어 볼 수 있는 소중한 기록이 되는 것이지요.

그러던 글씨쓰기가 오늘날에는 간편한 키보드나 손끝의 터치로 대치되었습니다. 글자가 드러났지만, 사람과 사색은 첨단 기기 뒤편으로 사라져 버렸습니다.

그렇지만 이제, 그 사람을 되찾는 일이 다시 시작됩니다.《명언 필사》는 글씨쓰기를 통해 나를 되돌아보고, 나를 발견하며, 나를 발전시키는 디딤돌입니다.

이 책의 짜임은 마치 우리의 인생처럼 자연의 흐름인 봄, 여름, 가을, 겨울의 순서로 잡았습니다. 봄에는 생명의 탄생과 시작을, 여름에는 왕성한 성장과 푸름을 구가하는 청년기로, 원숙한 결실과 여유를 만끽하는 가을은 장년기로 묶어보았습니다. 마지막 겨

울은 쓸쓸한 듯 하지만 결코 마지막이 아닌 새로운 시작을 기대하는 때, 인생의 유한함 속에서도 면면히 계속되는 영속성을 바라보는 시기일 것입니다. 그러나 아무 때라도 마음에 드는 곳으로 가서 펼쳐보고 따라 써 보아도 괜찮습니다.

지금, 독자는 인생의 어느 시절에 있을까요. 소년이든, 청춘이든, 장년이든, 모두 의미가 있으며, 끝이 아닙니다. 《명언필사》가 그 의미를 더욱 아름답게 새겨줄 것이라 믿습니다.

엮은이 채빈

가을   126

우리는 익숙해진 생활에서 벗어나면 절망하지만
오히려 거기서 새롭고 좋은 일이 다시 시작된다.
결국, 행복은 바로 우리가 머무는 그곳에 있다.

– 톨스토이

겨울   162

기회라는 놈은 절대 노크하지 않는다.
당신이 문을 밀어 넘어뜨릴 때에야
비로소 모습을 드러낸다.

– 카일 챈들러

봄

아무것도 모르던 시절이 있었다

언 땅에 움이 트고

새싹이 올라오고

바람이 불고

하늘이 웃고

별이 쏟아지는 그 몇몇 날들이

끝을 알 수 없는 내일의 속삭임들이

노란 민들레꽃 한 송이로부터 시작했다

당신보다 운이 좋은 사람과 비교하지 말라.

대다수 사람들을 둘러보면

당신이 얼마나 운이 좋은지 알게 될 것이다.

We should compare it with the lot of the great
majority of our fellow men.

It then appears that we are among the privileged.

— 헬렌 켈러

꿈을 향해 담대하게 나아가라.

자신이 상상한 바로 그 삶을 살아라.

— 헨리 데이비드 소로

소년이여, 야망을 가져라.

— 존 F. 케네디

우리의 꿈에는 어떠한 한계도 없다.

　　　　　　　　　　　　　　　　　－ 진 시몬스

돌이켜보면
나의 생애는 일곱 번 넘어지고
여덟 번 일어났던 것이다.

　　　　　　　　　　　　　　－ 프랭클린 루스벨트

시도하고 또 시도하는 자만이
성공을 이루어내고 그것을 유지한다.
시도한다고 잃을 것은 없으며,
성공하면 커다란 수확을 얻게 된다.
그러니 일단 시도해보라.
망설이지 말고 지금 당장 해보라.

　　　　　　　　　　　　－ 윌리엄 클레멘트 스톤

나는 불가능을 모른다.
나는 뛰어가서 기회를 잡았을 뿐이다.

　　　　　　　　　　　　　　　－ 월트 디즈니

진정 무엇인가를 발견하는 여행은
새로운 풍경을 바라보는 것이 아니라
새로운 눈을 가지는 데 있다.

　　　　　　　　　　　　　　　－ 마르셀 프루스트

긍정적인 마음가짐은 보약처럼 내 영혼을 살찌우지만,
부정적인 마음가짐은 질병처럼 내 영혼을 갉아먹는다.
A positive mind will fatten my spirit like a
medicine,
but a negative mind will eat away my spirit like
a disease

　　　　　　　　　　　　　　　－ 나폴레온 힐

한 손은 스스로를 돕는 것이고
나머지 한 손은
다른 사람들을 돕기 위한 것이다.
The first hand is to help yourself,
the second hand is to help others.

– 오드리 헵번

모두가 세상을 바꿔야 한다고 말한다.
하지만 어느 누구도
자신을 바꿀 생각은 하지 않는다.
Everyone thinks of changing the world,
but no one thinks of changing himself.

– 톨스토이

우리의 시간은 유한하다.
그러니 다른 사람의 삶을 쫓느라
자신의 시간을 낭비하지 말라.
가슴에서 울리는 소리에 귀 기울이고
본인만의 직관을 따를 수 있는
용기가 절대적으로 필요하다.
Your time limited, so dont't waste it living
someone else's life. And most important, have
the courage to follow your heart and intuition.

– 스티브 잡스

잘못 아홉 가지를 찾아내 꾸짖는 것보다
단 한 가지 잘한 일을 찾아내서 칭찬하라.
Instead of finding nine faults and scolding about
them,
find one good deed and compliment about it.

– 데일 카네기

나는 언제나 만개한 꽃보다는

이제 막 피어나려는 꽃봉오리를,

소유보다는 욕망을,

완성보다는 진보를,

분별 있는 나이보다는

꿈으로 가득한 청년 시절을 사랑한다.

I always love a bud more than a full-blown
flower,

desire than possession, progress than
completion, youth full of dream than mature
age.

– 앙드레 지드

신은 인간이 서로 애정을 표시하는 곳 가까이에 있다.

– 페스탈로치 〈린할트와 게르트루드〉

사랑이란 이를테면 깊은 한숨과 함께 사는 연기, 사랑
은 맑아져서 연인의 눈동자에 반짝이는 불꽃이 되고,
헝클어져서는 연인의 눈물로 넘치는 큰 바다가 되기도
한다. 그뿐만 아니라 사랑은 아주 분별하기 어려운 광
기, 숨구멍조차 막히게 하는 고집인가 하면, 그것은 또
한 생명을 기르는 단 이슬이기도 하다.

          – 셰익스피어 〈로미오와 줄리엣〉

사랑에는 나이가 없다. 그것은 어느 때든지 생길 수 있
는 것이다.

               – 파스칼 〈팡세〉

사랑은 욕망이라는 강에 사는 악어다.

          – 바르트리하리 〈욕망을 떠나는 노래〉

정열적인 사랑을 해보지 못한 사람에게는 인생의 절반, 그것도 아름다운 쪽의 절반이 가려져 있는 것이다.

－ 스탈당 〈연애론〉

천지 창조 이후 사랑한다고 고백해서 목 졸려 죽은 남자는 없다.

－J. C. 플로리앙 〈친절한 신부님〉

사랑은 여자에게는 일생의 역사이지만 남자에게는 한순간의 에피소드다.

Love is the history of a woman's life, it is but an episode in man's.

－ 스탈 부인 〈정열의 영향〉

당신의 애정은 나에게는 빛나는 별과 같고, 태양보다 먼저 떠오르고, 태양보다 늦게 지는 것이다. 그것은 참으로 극지의 성좌같이 결코 지는 일 없이 우리의 머리에 영원한 화관을 드리운다. 생애의 궤도 위에 신들이 그것을 흐리게 하시는 일이 없도록 나는 간절히 기원한다.

- 괴테

연애의 초기에 여자는 애인을 사랑하고 남자는 사랑을 사랑한다.

In their first passions women love the lover, and the others, they love love.

- 라 로슈푸코 〈금언집〉

사랑받기 위하여 사랑하는 것은 인간이지만, 사랑하기
위하여 사랑하는 것은 천사이다.
To love for the sake of being loved is human,
but to love for the sake of loving is angelic.

– 라마르틴 〈그라지엘라〉

사랑은 내 인생의 가장 중요한 일이었으며 유일한 것
이었다.
Love has always been the most important
business in my life, I should say the only one.

– 스탕달 〈앙리 브릴라르 전〉

사랑을 시작했을 때 비로소 삶도 시작된다.

– 스큐데리양

사랑은 동그라미처럼 똑같은 사랑의 달콤한 영원 속을
끝없이 맴돈다.

Love is a circle, that doth restless move in the
same sweet eternity of love.

− R. 헤리크 〈사랑이란 무엇인가〉

훔친 사랑은 남자와 마찬가지로 여자에게도 짜릿한 것
이다. 남자는 숨기는 솜씨가 서툴지만 여자는 영리하
게 욕망을 감춘다.

As stolen love is pleasant to a man, so it is also to
a woman; the man dissembles badly;
she conceals desire more cleverly.

− 오비디우스 〈사랑의 기술〉

사랑을 방해하는 것은 아무것도 없다. 사랑은 모든 것의 내부를 파고든다. 사랑에는 시작이 없다. 영원히 그 날개를 파닥거리고 있다.

              – 마티어스 클라우디우스

20대의 사랑은 환상이고, 30대의 사랑은 외도이다. 사람은 40대에 와서야 비로소 참된 사랑을 알게 된다.

              – 괴테

죽음보다 더 강한 것은 이성이 아니라 사랑이다.

It is love, not reason, that is stronger than death.

              – 토마스 만 〈마의 산〉

사랑 받지 못하는 것은 슬프다, 그러나 사랑할 수 없는
것은 더욱 슬프다.
It is sad not to be loved, but it is much sadder not
to be able to love.

- M. D. 우나무노 〈젊은 작가에게〉

여자의 사랑은 시각적이고 촉각적으로 불타오르지만,
그렇게 오래 가지는 않는다.

- 알리기에리 단테 〈신곡〉

남자는 자기 자신이 여자의 첫사랑이기를 바라고, 여
자는 자신이 남자의 마지막 사랑이기를 바란다.

- 오스카 와일드 〈아무것도 아닌 여자〉

청춘은 한순간이며 아름다움은 꽃이다. 그러나 사랑은 세계를 얻는 보석이다.

Youth's for an hour, beauty's a flower. But love is the jewel that wins the world.

– M. 오닐 〈미는 꽃이다〉

사랑은 치유할 수 없는 질병이다.

– 존 드라이든 〈바라몬과 알시트〉

사랑은 언제나 너그럽고 정이 깊으며, 또한 질투함이 없고 교만하지 않다. 의롭지 않은 일을 기뻐하지도 않으며, 진리를 기뻐한다. 그리고 모든 것을 견디고 모든 것을 믿으며, 변함이 없다.

– 바울

사랑은 싱싱한 동안에는 좋지만 즙이 없어져 쓴맛만
남으면 버려야 하는 야자 열매와 같다.
Love is also like coconut which is good while it's
fresh, but you have to spit it out when the juice is
gone, what's left tastes bitter.

- B. 프레히트 〈바알〉

사랑은 끝없는 신비다. 왜냐하면 그것은 설명할 수 없
기 때문이다.

- 타고르

사랑이란 악마이고 불꽃이며, 천국이고 지옥이다. 쾌
락과 고통과 슬픈 후회가 그곳에 산다.

Love is a fiend, a fire, a heaven, a hell. Where
pleasure, pain, and sad repentance dwell.

- R. 반필드 〈목동의 만족〉

젊음은 사라지고, 사랑은 시들며, 우정의 잎은 떨어지
지만 어머니의 깊은 사랑은 그 모든 것보다 오래 간다.

- O. W. 홈즈

사랑한다는 것은 두 사람이 서로 마주 보는 것이 아니
라 함께 같은 방향을 바라보는 것이라는 것을 우리는
경험을 통해서 안다.

- 생텍쥐페리

사랑할 줄 아는 사람은 자신의 정열을 지배할 줄 아는 사람이다. 이와 반대로 사랑을 할 줄 모르는 사람은 자기의 정열에 지배받는 사람이다.

— 호라티우스

자신을 사랑하는 것처럼 타인을 사랑하라. 타인이 자기에게 다가오는 것을 받아 줄 수 있다면 그 사람은 사랑을 아는 사람이다.

— 공자

사랑은 치료약이 없는 병이다.

Love is a malady without a cure.

—드라이든 〈팔라몬과 아카이트〉

지나간 사랑에 대한 추억은, 그것이 강하게 기억에 남아 있을 때는 연애를 하고 있을 때와 다를 바 없이 마음을 사로잡는다.

- J. L. 보이드와이에

젊은이들의 사랑은 사실 그들의 마음속에 있지 않고 그들의 눈 속에 있다.

Young men's love then lies not truly in their hearts, but their eyes.

- 셰익스피어 〈로미오와 줄리엣〉

자기를 동정해 주는 사람을 사랑하는 것은 매우 쉬운 일이다. 하지만 자기를 배반하고, 속이고, 모략하는 사람을 비난하지 않는 것은 어려운 일이다.

－ 불경

사랑은 우리가 모르는 사이에 찾아온다. 우리는 다만 사랑이 사라져 가는 것을 볼 뿐이다.

－ 톰프슨

사랑은 우리를 행복하게 하기 위해서 존재하는 것이 아니라 우리가 고뇌와 인내에서 얼마만큼 견딜 수 있는가를 보기 위해서 존재한다.

－ 헤세

사랑이란 사람이 사물을 있는 그대로와는 아주 다르게
보는 상태이다. 환상의 힘은 달콤하게 하는 힘, 변화시
키는 힘과 마찬가지로 사랑할 때 절정에 이른다. 사람
이 사랑에 빠지면 그는 다른 때보다 잘 참으며 모든 일
에 순종한다.

Love is the state in which man sees things most
widely different from what they are.

The force of illusion reaches its zenith here, as
likewise the sweetening and transfiguring power.

When a man is in love he endures more than at
other times; he submits to everything.

- F. 니체 〈그리스도의 적〉

나는 사랑을 찾아 헤맸다. 첫째는 그것이 황홀을 가져 다주기 때문이다. 그 황홀은 너무나 찬란해서 그 몇 시간의 즐거움을 위해 남은 생애를 전부 희생해도 좋다고 생각한 적도 가끔 있었다. 둘째로는 그것이 고독감ㅡ하나의 떨리는 의식이 이 세상 너머의 차디차고 생명 없는 끝없는 심연을 바라보는 그 무서운 고독감을 덜어 주기 때문에 사랑을 찾아 나섰다. 마지막으로 나는 사랑의 결합 속에서 성자와 시인들이 상상한 천국의 신비로운 축도를 미리 보았기 때문에 사랑을 찾아 나섰다.

– 칼릴 지브란

아내도 없고 자식도 없는 사나이는 책이나 세상을 통해 가정의 신비성을 몇천 년 연구하더라도 무엇 한 가지 알아낼 수 없으리라.

– 미슈레이

원래 과거, 현재, 미래의 세 가지 시간이 있다고 하는
것은 타당치 않다. 더욱 정확히 말한다면 과거의 것의
현재, 현재의 것의 현재, 미래의 것의 현재라는 세 가
지 시간이 있다고 보아야 한다. 그 이유는 우리 정신
세계에는 이 세 가지가 존재하며, 다른 어떤 곳에서도
나는 그것을 보지 못하는 까닭이다. 과거의 것의 현재
는 기억이며, 현재의 것의 현재는 직관이며, 미래의 것
의 현재는 예지이다.

– 아우구스티누스 〈고백록〉

우리들은 언제나 지금 이 순간에 있는 적이 없다. 다가오는 것이 얼마나 기다려지는지 그 발걸음을 빠르게 하려는 것처럼 미래를 손꼽아 기다리든지, 그렇지 않으면 너무 빨리 지나가 버리므로 그 발걸음을 묶어 두려는 것처럼 되풀이해서 과거를 목놓아 부른다. 어리석게도 우리들은 우리 것이 아닌 시간 속에서 헤매면서도 우리가 소유한 유일한 시간을 생각하지 않는다. 또한 섭섭하게도 우리들은 마침내 존재하지 않을 시간을 생각하고 현존하는 유일한 시간은 생각하지 않는다.

– 파스칼 〈팡세〉

시간의 걸음에는 세 가지가 있다. 미래는 주저하면서 다가오고, 현재는 화살처럼 날아가고, 과거는 영원히 정지해 있다.

– J. C. F. 쉴러 〈시집〉

미래의 행복을 확보하는 최선의 방법은 현재를 가능한
한 정당하고 행복하게 보내는 것이다.

The best way to secure future happiness is to be
as happy as is rightfully possible today.

– C. W. 엘리어트 〈행복한 인생〉

과거에 우리에게는 깜빡이는 불빛이 있었으며, 오늘날
우리에게는 타오르는 불빛이 있다. 그리고 미래에는
온 땅 위와 바다 위를 비추어 주는 불빛이 있을 것이다.

– 처칠

미래에 관한 무지는 신이 정한 영역을 배우기 위한 고
마운 선물이다.

– 포프

과거는 지나간 장례식과 같고, 미래는 불청객처럼 찾
아온다.

The past like a funeral gone, the future comes like
an unwelcome guest.

– E. 고스 〈메이데이〉

미래를 위해서 무엇을 해야 할지는 결코 알 수 없다.
그래서 인생은 멋진 것이다.

– 톨스토이

미래의 가장 좋은 예언자는 과거다.

The best prophet of the future is the past.

– 바이런 〈서한집〉

오늘을 버리고 영원한 내일에 못을 두는 사람은 불행한 사람일 뿐만 아니라 고민이 있는 자이고, 약하고 겁이 많은 사람이다.

- 볼테르

시간에는 현재가 없다. 영원에는 미래도 없고 과거도 없다.

In time, there is no present. In eternity no future. In eternity no past.

- 테니슨 〈어떻게 그리고 왜〉

지혜는 과거의 발췌이지만 아름다움은 미래의 약속이다.

Wisdom is the abstract of the past, but beauty is the promise of the future.

- O. W. 홈즈 〈아침 식탁의 교수〉

젊을 때 배움을 소홀히 한 사람은 과거를 잃어버린 사
람이고 미래도 죽은 사람이다.

Whose neglects learning in his youth, loses the
past and is dead for future.

– 에우리피데스 〈프릭쿠스〉

오늘을 준비하지 않는 사람은 내일은 더욱 그러하리라.

He who is not prepared today, will be less so
tomorrow.

– 오비디우스 〈사랑의 치료〉

여름

모든 것이 힘 있고 모든 것이 기운찼다

어둔 밤에도 두려움 없고

거친 노동에도 지치지 않고

목청껏 노래하고

마음껏 춤추고

폭풍우 치는 그 숱한 날들이

손 뻗으면 닿을 것 같은 꿈들이

푸른 메타세쿼이아 한 그루에서 흔들렸다.

재능은 바다에 널려 있는 소금보다 흔하다.

재능 있는 사람과 성공한 사람을 구분하는 기준은 오로지 엄청난 노력을 하는지의 여부다.

Talent in cheaper than table salt.

What separates the talented individual from the successful one is a lot of hard work.

– 스티븐 킹

어떤 것도 얻고자 하는 노력을 하지 않을 때

인생의 가장 큰 고난을 만나게 된다.

약한 의지력은 인생을 가로막는 가장 큰 장애물이다.

You will face the great misfortune when you make no effort for anything. Weak willpower is the biggest obstacle to your life.

– 요한 W. 폰 괴테

인간을 패배하게 만드는
주범은 게으름이다.
성공하고 싶다면
먼저 게으름을 극복해야 한다.
What defeats man is, most of all, laziness.
If you want to succeed, you have to overcome
your laziness first.

– 알베르 카뮈

불행의 원인은 늘 자신이다. 몸이 굽으니 그림자도 굽
는다. 어찌 그림자 굽는 것을 한탄할 것인가! 나 이외
에는 아무도 나의 불행을 치료해 줄 사람이 없다. 불행
은 내 마음이 만드는 것과 같이 또한 나 자신이 치료할
수 있을 뿐이다. 마음을 평화롭게 가져라! 그러면 그대
의 표정도 평화롭고 화해로워질 것이다.

– 파스칼 〈팡세〉

행복은 작은 새를 잡는 듯이 붙들어 두는 것이 좋다.
될 수 있는 한 살짝, 그리고 부드럽게! 작은 새는 자기
가 자유롭다고 느끼기만 하면 기꺼이 그대 손 안에 머
물러 있다.

– F. 헤벨 〈수상집〉

가장 큰 행복이란 사랑하고 그 사랑을 고백하는 것이다.

– 앙드레 지드 〈일기〉

행복은 산울림과 같다. 그대에게 대답은 하지만 결코
찾아오지는 않는다.

– 칼멘 실봐 〈어느 여왕의 명상록〉

어리석은 사람은 멀리서 행복을 찾는다. 슬기로운 사람은 자기 발밑에서 행복을 키운다.

－J. 오펜하이머 〈현인〉

행복의 빛은 광선과 마찬가지로 깨져서 흩어지기 전에는 무색 투명하다.

－H.W.롱펠로우 〈카바나〉

행복은 과소와 과다의 중간역이다.

－C. 폴로크 〈모니페니 씨〉

여름

미래의 행복을 확보하는 가장 확실한 방법은 오늘 허락된 행복을 오늘 한껏 누리는 것이다.

－ C. W.엘리어트 〈행복한 인생〉

약한 사람은 불행이 닥치면 체념해 버리고 만다. 그러나 위대한 사람은 불행을 딛고 일어선다.

－ W. 어빙 〈스케치북〉

사람들이 그들의 일에서 행복해지려면 다음의 세 가지 사항이 필요하다. 그들이 그 일에 적합할 것, 일을 지나치게 많이 하지 말 것, 그리고 성공한다는 감각을 가질 것, 이렇게 세 가지다.

－ 존 러스킨 〈라파엘 전파의 사실주의〉

최상의 행복은 1년이 지난 뒤에 연초의 자기보다 더 좋아졌다고 느끼는 것이다.

                                 - 톨스토이 〈독서의 고리〉

망각 없이 행복은 있을 수 없다.

                                 - 앙드레 모루아

인생에서 최고의 행복은 우리가 사랑 받고 있다는 확신이다.

The supreme happiness of life is the conviction that we are loved.

                              - V. 위고 〈레 미제라블〉

현세의 행복은 전혀 뜻밖의 상황에서 찾아온다.

– 너대니얼 호손 〈일기〉

행복에는 두 가지의 길이 있다. 욕망을 줄이거나 소유
물을 늘리는 것이다. 어느 쪽을 선택하든 그것은 각자
의 자유다.

– 벤자민 프랭클린 〈자서전〉

우리는 다른 사람이 행복하지 않은 것은 당연하다고
생각하고, 자기 자신이 행복하지 않은 것은 이해할 수
없는 일이라고 생각한다.

– 마리 에셴바하 〈잠언집〉

사람은 무덤에 들어가기 전까지는 결코 행복하다고 말
할 수 없다.

– 오비디우스

왕이든 백성이든 자기의 가정에서 평화를 발견하는 사
람이 가장 행복한 사람이다.

– 괴테 〈격언과 반성〉

양처(良妻)를 얻은 자는 행복하다.

– 소크라테스

자기가 지닌 것을 충분하고 적당한 부라고 생각지 않
는 자는 비록 세계의 주인이 되더라도 불행하다.

– 에피쿠로스

우리는 모두 행복하기 위해 태어났다.

We were born to be happy, all of us.

– A. 수트로우 〈완전한 연인〉

인생은 행복한 자에게는 너무나 짧고, 불행한 자에게
는 너무나 길다.

– 영국 격언

여름

욕망이 작으면 작을수록 인생은 행복하다. 이 말은 낡았지만 결코 모든 사람이 다 안다고는 할 수 없는 진리이다.

- 톨스토이

사람들은 행복을 찾아 세상을 헤멘다. 그런데 행복은 누구의 손에든지 잡힐 곳에 있다. 그러나 마음속에 만족을 얻지 않으면 행복을 얻을 수 없다.

- 호라티우스

행복의 비결은 쾌락을 얻으려고 한결같이 노력하는 것이 아니라, 노력 그 자체 속에서 쾌락을 찾아내는 것이다.

- 앙드레 지드

행복을 이야기하라. 세상은 당신의 슬픔이 없어도 슬
프다. 온통 험난하기만 한 길은 없다.
Talk happiness. The world is sad enough without
your woe. No path is wholly rough.

- E.W. 윌콕스 〈말〉

많은 것을 바라는 사람은 항상 불만이 있다. 신이 주는
적은 재물로 충분히 만족하는 사람은 행복하다.

- 하라티우스

사람은 확실히 고독을 사랑한다. 고독을 사랑한다.
-그것은 사랑과 우정의 알 수 없는 행복을 고독 속에
서 발견하기 때문이며, 마치 별을 찬양하고 싶은 사람
이 어두운 곳을 찾는 것과 동일한 것이다.

- 키에르케고르

행복의 한쪽 문이 닫히면 다른 쪽 문이 열린다. 그러나
우리는 흔히 닫힌 문을 너무 오랫동안 보고 있기 때문
에 우리를 위해 열려 있는 문을 보지 못한다.

When one door of happiness close another
opens: but often we look so long at the closed
door that we do not see the one which has been
opened for us.

– 헬렌 켈러 〈빼앗긴 우리들〉

늙으면 젊은 시절의 행복보다도 그때 품었던 소망이
한층 더 그리워지는 법이다.

– 에센바흐

행복은 손에 쥐고 있는 동안에는 늘 작아 보이지만 놓쳐 버리고 나면 곧 그것이 얼마나 크고 귀중한 가를 알게 되는 것이다.

Happiness always looks small while you hold it in your hand, but let it go, and you learn at once how big and precious it is.

– 막심 고리키 〈지코프 일가〉

진짜 행복은 아주 싼데도, 우리는 행복의 모조품에 많은 대가를 지불한다.

– 발로

남자의 행복은 '내가 하고 싶다' 이고, 여자의 행복은 '그가 하고 싶어 한다' 이다.

– 니체 〈차라투스트라는 이렇게 말했다〉

신은 용기 있는 사람을 결코 버리지 않는다.

– 헬렌 켈러 〈하라스〉

용기에는 여러 가지가 있다. 호랑이의 용기가 있고, 말의 용기가 있다.

– R.M. 에머슨 〈용기〉

겁쟁이는 죽기 전에 여러 번 죽지만, 용감한 사람은 단한 번 죽음을 맛본다.

Cowards die many times before their deaths, the valiant never taste of death but once.

– 셰익스피어 〈줄리어스 시저〉

용감한 사람만이 용서할 줄 안다. 겁쟁이는 결코 용서
할 줄 모른다. 그의 본성에는 용서란 것이 없기 때문
이다.

Only the brave know how to forgive. A coward
never forgive: it is not in his nature.

- L. 스턴 〈설교집〉

죽음보다 무서운 장소에서는 산다는 것 자체가 최후의
진정한 용기다.

- 토마스 브라운 〈레리지오 메디시〉

겁쟁이는 죽음을 두려워하지만, 용기있는 사람은 촛
불처럼 미약하게 사는 것보다는 사라지는 쪽을 선택
한다.

- 월터 롤리

대부분의 경우, 죽으려고 노력하는 것보다 살려고 노
력하는 쪽이 훨씬 더 많은 용기가 필요하다.

– 알피에리

모든 덕 가운데서 가장 강하고 고결하고 자랑스러운
것은 진정한 용기다.

– 몽테뉴

영웅은 범부보다 더 용기 있는 사람이 아니라 용기가
5분쯤 더 지속되는 사람일 뿐이다.

– 에머슨

큰 슬픔에는 용기를 가지고 사소한 것들에는 인내를
가져라. 일과를 열심히 마치고 평안히 잠자리에 들라.
하느님께서 깨어 계신다.

Have courage for the great sorrows of life and
have laboriously accomplished your daily task, go
to sleep in peace. God is awake.

- V. 위고

철학이란 인생을 있는 그대로 받아들일 용기가 없는
사람들이 복용하는 자가제(自家製)다.

- 크리브

슬픔에는 도덕적 용기가 요구되고, 기쁨에는 종교적
용기가 요구된다.

It requires moral courage to grieve, it requires
religious courage to rejoice.

– 키에르케고르

가난이라든지 연애라든지 그 밖의 다른 괴로움을 피하
기 위하여 자기의 생명을 끊어 버린다는 것은 용기 있
는 사람이 하는 일이 아니라 도리어 겁쟁이가 하는 일
이다. 왜냐하면 괴로움을 피한다는 것은 게으름뱅이의
짓이며, 자살하는 사람들이 죽음 앞으로 다가서는 동
기란 그렇게 하는 것이 아름다워서가 아니라 괴로움을
피하려는 데 있으니까.

– 아리스토텔레스 〈윤리학〉

술은 사람에게 용기를 주고, 열정적으로 만든다.

— 오비디우스

시간은 모든 권력을 침식하고 정복한다. 시간은 신중히 기회를 노리고 있다가 그것을 포착하는 사람에게는 유익한 벗이지만, 때가 아닌데 조급하게 서두르는 사람에게는 최대의 적이다.

— 플루타르크 〈영웅전〉

시간이야말로 최대의 개혁자이다.

— F. 베이컨 〈수필집〉

예리하고 세심하게 관찰한다면 그대는 운명의 여신을 볼 수 있을 것이다. 운명의 여신은 눈은 멀었지만 보이지 않는 것은 아니기 때문이다.

If a man observes sharply and attentively, he shall see fortune: for though she is blind, she is not invisible.

– F. 베이컨 〈수상록〉

인간은, 자기 자신 이외에는 어느 누구도 생각할 수 없고, 무한한 자기 책임의 한복판에서 도와주는 이 하나 없는 이 세상에 버림받은 외톨이다. 스스로 설정한 목적 이외에 아무런 목적도 없으며, 이 세상에서 자기 혼자 힘으로 만드는 운명 이외에는 다른 어떤 운명도 있을 수 없다는 것을 먼저 이해하지 않고서는 그 어떤 것도 이룰 수 없다.

– J.P. 사르트르 〈실존과 허무〉

천국의 문에는 이렇게 쓰여 있다. '운명에 굴복하는 어
리석은 자에게 슬픔이 있으라!'
This write on Paradise's gate, 'Woe to the dupe
that yields to Fate!'

– 하피츠 〈문학과 사회목적〉

'아니오'라고 해야 할 때 '아니오'라고 말하는 것은 인
생의 평화와 행복의 요체다. '아니오'라고 말하지 못하
거나 하기 싫어하는 사람은 대부분 몰락하기 쉽다. 이
세상에 악이 번영을 누리는 이유는 우리가 '아니오'라
고 말할 수 있는 용기를 가지고 있지 않기 때문이다.

– 스마일스

무서움을 알면서도 그것을 무서워하지 않는 자만이 정
말로 용기 있는 사람이다.

－ 웰링턴

사람은 누구나 성공하고 싶어 한다. 어떤 사람에게는
그것이 하나의 병과 같이 되어 자나 깨나 머리에서 떠
나지 않는다. 성공하기란 그렇게 어려운 것이 아니다.
다만 그 방법이 잘못되었기 때문에 성공하지 못하는 것
이다. 성공병 환자들은 대개 남의 성공을 시기하는 마
음이 강하다. 시기하는 끝에 욕을 하고 중상모략을 한
다. 이런 방법으로는 절대 성공하지 못한다. 또 자신의
능력이나 실력을 생각하지 않고 단숨에 2단, 3단 뛰어
오르려는 사람도 성공하지 못한다. 그들은 일시적으로
성공할지는 모르나 머지않아 곧 실패하고 말 것이다.

－ B. 프랭클린 〈가난한 리처드〉

성공은 바보를 현명하게 보이게 한다.

Success makes a fool seem wise.

– H. G. 본 〈격언 수첩〉

세상에서 가장 많은 뜻을 지닌 낱말은 성공이다.

– 도스토예프스키 〈죽음의 집의 기록〉

실패는 성공의 어머니다.

– 영국 속담

적을 모르고 나를 알면 1승 1패. 적을 모르고 나도 모르면 백 번 싸워 백 번 모두 패한다. 하지만 적을 알고 나를 안다면 백 번 싸워 백 번 모두 이길 수 있다.

－ 손무 〈손자병법〉

성공은 얼음과 같이 차고 북극과 같이 외롭다.
Success is cold as ice and lonely as the north pole.

－ P. 바움 〈그랜드호텔〉

성공은 멋진 물감으로 모든 추악함을 감춘다.

　　　　　　　　　　　　－ 사크링 〈브렌노랄트의 비극〉

친구의 성공에 질투를 전혀 느끼지 않고 기뻐해 줄 수
있는 강한 성격을 가진 사람은 없다.

　　　　　　　　　　　　－ 아이스킬로스 〈단편〉

인생에서 성공을 A라 한다면, 그 법칙을 A=X+Y+Z로
나타낼 수 있다. X는 일, Y는 노는 것이다. 그러면 Z는
무엇인가? 그것은 침묵을 지키는 것이다.

　　　　　　　　　　　　－ 아인슈타인

인생은 학교다. 그리고 그곳에서의 실패는 성공보다도
더 두드러진 교사다.

– 그라나스키

젊었을 때 쓴 물을 마셔보지 않은 사람은 성공할 수 없
다. 나는 고생을 스승으로 섬긴다. 사람은 고생스럽지
않으면 당장 우쭐대는 버릇이 있다.

– 야마모토 유소

위대한 사람은 한꺼번에 그처럼 높은 곳에 뛰어오른
것이 아니다. 동반자들이 단잠을 잘 때에 그는 일어나
서 괴로움을 이기고 일에 몰두했던 것이다. 인생은 잠
자고 쉬는 데 있는 것이 아니라 한 걸음 한 걸음 나아
가는 데 있다. 성공의 한 순간이 실패의 수년을 보상해
준다.

– 브라우닝

성공의 비결은 원하는 것이 일정하고, 변하지 않는 데에 있다. 하나의 목표를 가지고 꾸준히 나아간다면 반드시 성공한다. 그러나 사람들이 성공하지 못하는 이유는 처음부터 끝까지 한 길로 나아가지 않았기 때문이다. 최선을 다해 나아간다면 쇠라도 뚫고 만물을 굴복시킬 수 있을 것이다.

– 디즈레일리

실패한 사람이 다시 일어나지 못하는 것은 그 마음이 교만한 까닭이다. 성공한 사람이 그 성공을 유지 못하는 것도 역시 교만한 까닭이다.

– 석가모니

어머니는 자식의 친구들이 성공을 하면 그 친구들을
시기하기 쉽다. 어머니는 대개 자기의 자식을 사랑한
다기보다 자식 속의 자신을 사랑하고 있다.

— 니체

굵고 큰 나무도 가느다란 가지에서 시작되고 10층의
탑도 작은 벽돌을 하나씩 쌓아올리는 데에서 시작된
다. 끝까지 처음과 마찬가지로 주의를 기울이면 어떤
일도 해낼 수 있을 것이다.

— 노자

자신의 원리를 적용하는 데 검객처럼 하지 말고 레슬
러처럼 해야 한다. 검객은 칼을 떨어뜨리면 죽게 되지
만, 레슬러는 항상 그의 손을 쓸 수 있으며, 손을 쓰는
것 외에는 아무 것도 필요치 않기 때문이다.

— 마르쿠스 아루엘리우스

가시에 찔리지 않고서는 장미를 모을 수 없다.

– 필페이

일생에 있어 기회가 적은 것이 아니라 그것을 볼 줄 아
는 눈과 붙잡을 수 있는 의지를 가진 사람이 나타나기
까지 잠자고 있는 것이다. 재난도 그것을 휘어잡는 의
지 있는 사람 앞에서는 도리어 건설적인 귀중한 가능
성을 품고 있는 것이다.

– 굴드

가을

세상 모든 것들은 이름으로 남았다

오늘까지 오지 못한 것들도

내일까지 있지 못할 것들도

결단은 빠르고

후회는 뒤늦고

돌아서면 눈물 날 것 같은 그리움들이

붉은 화살나무 한 가지에서 쏟아졌다.

우리는 익숙해진 생활에서 벗어나면 절망하지만
오히려 거기서
새롭고 좋은 일이 다시 시작된다.
결국, 행복은 바로 우리가 머무는 그곳에 있다.
Our of our familiar life,
we are in despair but a new good thing can take
place there.
After all, happiness lies where we stay.

– 톨스토이

세상에서 가장 중요한 일들은
전혀 가망이 없는 것처럼 보이는 데도
끝까지 노력하는 사람들이 이루어 냈다.
Most of the importnt things in world have been
accomplished by people who have kept on trying
when there seemed to be no hope at all.

– 데일 카네기

남의 자유를 방해하지 않는 범위 내에서 자기의 자유
를 확장하는 것, 이것이 자유의 법칙이다.

- I. 칸트 〈순수이성비판〉

신을 대신하여 인간을 지배하는 세 개의 힘인 돈과 명
예와 향락과의 관계를 끊었을 때, 인간은 비로소 자유
를 느낀다.

- C. 힐티 〈잠 못 이루는 밤을 위하여〉

오, 자유! 그대 이름을 위하여 얼마나 많은 사람들이
죄를 범하고 있는가.

- 롤랑 부인 〈수기〉

나에게 자유를 달라. 그렇지 않으면 죽음을 달라.

- 패트릭 헨리

우리는 앞으로 다가올 미래가 인간에게 불가결한 네 가지의 자유인 언론의 자유와 종교의 자유, 결핍으로부터의 자유, 공포로부터의 자유를 중심으로 수립된 세계이기를 바란다.

- 루스벨트 〈1941년 연설 중에서〉

봄이 무엇인지는 겨울이 되어야 알 수 있다. 가장 아름다운 5월의 노래는 화롯가에서 만들어진다. 자유에의 사랑은 감옥의 꽃. 감옥에 갇혀 보아야 비로소 자유의 가치를 알 수 있다.

- 하이네

자유의 나무는 항시 애국자와 독재자의 피로 싱싱해져
야 한다. 그것은 자유의 나무의 자연적인 비료다.
The tree of liberty must be refreshed from time to
time with the blood of patriots and tyrants.

— T. 제퍼슨 〈작품집〉

자유는 결코 정부로부터 나오지 않았다. 자유는 항상
통치의 대상으로부터 나왔다. 자유의 역사는 저항의
역사다. 자유의 역사는 통치 권력 제한의 역사지 그 증
가의 역사는 아니다.
Liberty has never come from the government. The
history of liberty is a history of resistance. The
history of liberty is a history of limitations of
governmental power, not the increase of it.

—W. 윌슨 〈연설집〉

인간이 아무리 위대했고, 혹은 권력이 있었다 해도 결코 물고기만큼 자유로웠던 적은 없다.

No human being, however great, or powerful, was ever so free as a fish.

– J. 러스킨 〈두 개의 길〉

인간을 자유롭고 고상하게 살지 못하게 하는 것은 다른 무엇보다도 소유에 대한 집착이다.

It is preoccupation with possession, more than anything else, that prevents men from living freely and nobly.

– B. 러셀 〈사회 재건의 원리〉

부는 멋진 것일 수도 있다. 그것은 권력을 뜻하고, 여가를 뜻하고, 자유를 뜻하기 때문이다.

Wealth may be an excellent thing, for it means power, it means leisure, it means liberty.

- J. R. 로월 〈하버드 대학 연설문〉

술은 우리에게 자유를 주고, 사랑은 그 자유를 빼앗아 버린다. 술은 우리를 왕자로 만들고, 사랑은 우리를 거지로 만든다.

- 위철리

남자의 의무와 책임은 아이를 위하여 빵을 구하는 일
로 일관하는 것이다. 여자에게 남자는 아이를 만들어
기르기 위한 수단에 지나지 않는 것이다.

– 버나드 쇼 〈인간과 초인〉

남자의 마음은 대리석과 같고, 여자의 마음은 밀랍과
같다.

Men have marble, women waxen minds.

– 셰익스피어 〈루크리스의 능욕〉

남자는 여자가 있기 때문에 고결하고, 여자는 필요에
따라 고결하다.

Men are virtuous because women are; women are
virtuous from necessity.

– E. W. 하우저 〈비그즈 씨로부터 온 편지〉

길에서 갑자기 변을 당할 때 남자는 지갑을 들여다보지만 여자는 거울을 들여다본다.

When a man fronts catastrophe on the road, he looks in his purse but a woman looks in her mirror.

—마가렛 턴블 〈좌익계 부인〉

남자의 여자 지배는 최초의 정복 행위였으며, 그것은 또한 남자의 힘을 최초로 착취에 사용한 것이기도 했다. 남자가 승리를 거둔 이후에 모든 가부장적 사회에서는 이 원리가 남성 성격의 토대가 되었다.

— E. 프롬 〈소유나 존재냐〉

대부분의 남자는 자기 아내가 희랍어로 떠들어댈 때보
다 자기 식탁에 맛있는 요리가 있을 때가 더욱 기쁘다.
- S. 존슨 〈잡록〉

남자란 일단 여자를 사랑하게 되면 그때부터 그 여자
를 위해서라면 무엇이든지 해주지만, 단 한 가지, 언제
까지나 계속해서 사랑해 주지는 않는다.
- 오스카 와일드 〈도리언 그레이의 초상〉

금보다 더 좋은 것은? 벽옥이다. 벽옥보다 더 좋은 것은? 지혜다. 지혜보다 더 좋은 것은? 여자다. 여자보다 더 좋은 것은? 없다!

What is the better than gold? Jasper. What is the better than Jasper? Wisdom. And what is the better than wisdom? Women. And what is the better than a good women? Nothing!

– 초서 〈캔터베리 이야기〉

약한 자여, 그대 이름은 여자로다!

Frailty, the name is woman!

– 셰익스피어 〈햄릿〉

남자란 '거짓말하는 나라'의 서민이지만, 여자는 그 나라의 확실한 귀족이다.

– 엘만 〈거짓 예찬〉

결혼한 남자는 총각을 비웃는다. 총각은 결혼한 남자를 비웃는다. 여자는 양쪽 모두를 비웃는다.

– H. 에디슨 〈완로 탄가〉

남자는 종달새처럼 뜰에서 노래하고 여자는 나이팅게일처럼 어둠 속에서 노래한다.

– 장 파울 〈꽃 · 과일 · 가시〉

유리와 처녀는 항시 위험하다.

Glass and a maid are ever in danger.

> −토리지아노 〈피사 대학〉

여자는 난롯가에서 일어서는 데도 77번을 생각한다.

> − 톨스토이 〈어둠의 힘〉

보통 사람 천 명을 이기는 자는 어느 정도 명성을 얻을 수 있다. 그러나 교태 부리는 한 여성을 꼼짝없이 휘어 잡는 자는 진정한 영웅이다.

He who wins a thousand common hearts is entitled to some renown; but he who keeps undisputed sway over the heart of a coquette is indeed a hero.

– W. 어빙 〈슬리피 할로우의 전설〉

여자의 한 오라기 머리카락은 열 마리의 소보다 끄는 힘이 강하다.

– J. 플로리오 〈제2의 과일〉

남자들 사이에는 하늘과 땅만큼의 차이가 있지만, 여
자들 사이에는 천국과 지옥만큼의 차이가 있다.

– 알프레드 테니슨 〈마린과 비비안〉

남자를 낙원에서 끌어낸 것이 여자라면, 남자를 다시
낙원으로 인도할 수 있는 것도 오직 여자뿐이다.

If it was women who put man out of Paradise, it
is still woman, and woman only, who can lead
him back.

– 앨버트 하버드 〈경구집〉

아름다운 여인은 야성적인 배우자를 길들이고, 그녀가
접촉하는 모두에게 상냥한 마음과 희망과 웅변을 심어
주는 실제적인 시인이다.

A beautiful woman is a pratical poet, taming her
savage mate, planting tenderness, hope, and
eloquence in all whom she approaches.

– 에머슨 〈처세론〉

여자하고 배는 항상 뒤집히지 않을까 걱정스럽다.

– 이탈리아 속담

파란 눈의 여자는 '사랑해 주지 않으면 죽는다' 고 말하고, 검은 눈의 여자는 '사랑해 주지 않으면 죽인다' 고 말한다.

– 스페인 속담

예술은 고난과 노고와 인내를 지닌 인간의 영혼에 모아 둔 꿀벌이다.

– T. H. A. 드라이저 〈인생 예술과 미국〉

인내는 모든 상처에 바르는 고약이다.

- 영국 속담

평생을 통해 아름다운 말을 귀담아 들어 보라. 모든 행실의 근본은 인내하는 것 외에 으뜸가는 것이 없다.

- 공자

겨울

텅 빈 들판에는 회색 침묵이 살고 있다

아무도 오지 않아도

아무도 남지 않아도

손 안에는 바람이 오고

가슴에는 온기가 남고

까치발 동동 올라 선 그 언덕에

하얀 자작나무 숲속에서 일렁였다.

기회라는 놈은 절대 노크하지 않는다.
당신이 문을 밀어 넘어뜨릴 때에야
비로소 모습을 드러낸다.
Opportunity does not knock,
it presents itself when you beat down the door.

- 카일 챈들러

나는 남들과 다르다는
이유로 비난받기 일쑤였지만
생각해 보니 그것이야말로
내가 성공할 수 있었던 유일한 비결이었다.
I find that the very things that I get criticized for,
which is usually being different, is the very thing
that's making me successful.

- 샤니아 트웨인

어떤 종류의 성공이든 인내보다 더 중요한 것은 없다.

인내는 우리의 거의 모든 약점,

심지어 찬성까지도 극복할 수 있게 한다.

I do not think there is any other quality so

essential to success of any kind as the

quality of perseverance. It overcomes almost

everything, even nature.

– 존 D. 록펠러

당신이 재산을 많이 가지고 있다면 돈을 주고,

당신이 조금 가지고 있다면

마음을 주어라.

If you have much, give of your wealth,

If you have little, give of your heart.

– 아라비아 속담

힘들 때 우는 건 삼류다.

힘들 때 참는 건 이류다.

하지만, 힘들 때 웃는 건 일류다.

To cry in hard times is third-rate.

To check his tears in hard times is second-rate.

To laugh in hard times is first-rate.

– 셰익스피어

나에게는 간절한 소원 하나가 있다.

내가 이 세상에 태어난 목적을 밝히며

조금이라도 세상이 좋아지는 것을

볼 때까지 살고 싶다는 것이다.

I have an ardent hope.

I want to state the purpose of my life and live

until the world becomes a better place to live

live in.

– 에이브러햄 링컨

사람들은 기회가 찾아와 앞문을 두드릴 때
뒤뜰에 나가 네 잎 클로버를 찾느라고
아무 소리도 듣지 못한다.
The reason so many people never get anywhere
in life is because when opportunity
knocks, they are out in the backyard looking for
four-leaf clovers.

- 월터 크라이슬러

진리는 불변이 아니라 영원하다. 그것은 끊임없이 변
하기 때문에 영원하다. 변화로 인하여 그것은 존속한
다. 변화로 인하여 그것은 새로워진다. 끊임없는 변화
로 인하여 그것은 죽음의 손아귀를 벗어난다. 죽음은
그것을 붙잡지 못한다.

- B. S. 라즈니쉬 〈마음으로 가는 길〉

진리를 향해서 걷는 사람은 항상 홀로 걷는다.

　　　　　　　　　　　　　　　－ C. 모르겐슈테른 〈단계〉

진리는 시간의 딸이지 권위의 딸은 아니다.

　　　　　　　　　　　　　－ 프란시스 베이컨 〈노붐 오르가눔〉

진리는 강경하다. 비눗방울처럼 손을 댄다고 터지지
않는다. 아니, 축구공처럼 온종일 차고 다녀도 저녁에
보면 아직도 둥글고 탄탄하다.

　　　　　　　　　　　　　－ O. W. 홈즈 〈아침 식탁의 교수〉

사람을 인간으로 만들어 주는 것, 그것이 그의 진리
이다.

– 생텍쥐페리 〈인간의 대지〉

사랑하는 자의 첫째 조건은 그 마음이 순결해야 한다.
상대방의 인격을 존중하지 않고는 진실한 연애라고 할
수 없다. 그리고 그 마음과 뜻이 흔들림이 없어야 한
다. 신 앞에서도 부끄러움이 없고, 동요함이 없어야 한
다. 동시에 대담성이 있어야 한다. 어떠한 장애에도 굴
하지 않는 용기도 필요하다. 이와 같은 조건이 갖추어
졌다면, 그것은 참된 애정이고 진실한 연애이다.

– 앙드레 지드

세 사람이 이야기를 하면 세 가지의 의견이 있다. 당신의 견해가 비록 옳다고 하더라도 무리하게 타인을 설득시키려고 하는 것은 현명한 일이 못 된다. 많은 사람들은 설복되는 것을 싫어하기 때문이다. 설복이란 못질과 같아서 두들기면 두들길수록 깊이 상처를 낼 뿐이다. 진리는 시간이 흐른 후 저절로 밝혀진다.

– 스피노자

진실한 인간이 되려는 사람은 이 세상에 대한 허식을 버려야 한다. 참된 생활을 하려는 사람은 자신의 기호에 이끌리지 말고, '참된 것이란 무엇일까?' 또 '어디 있는가?'를 항상 구해야 한다. 스스로에게서 우러나오는 진리를 향한 탐구심은 아름답고 훌륭한 열매를 맺게 한다.

– 에머슨

술은 강하다. 임금은 더 강하다. 여자는 더욱더 강하다. 그러나 진리는 이것들보다 더 강하다.

― 루터

이 세상의 모든 위대한 진리는 처음에는 모독의 말로 시작한다.

― 버나드 쇼

진리를 깨우치는 데 가장 방해가 되는 것은 허식을 좇는 일이다. 그리고 진리를 깨닫는 데 방해가 되는 것은 진리를 꾸미는 태도 바로 그것이다.

― 인도 격언

진실은 언제나 우리들의 가장 가까운 곳에 있다. 다만 사람들이 그것에 관심을 기울이지 않았을 뿐이다. 언제나 진실을 찾아야 한다. 진실은 우리들을 기다리고 있다.

- 파스칼

당신을 만나는 모든 사람이
당신과 헤어질 때는 더 나아지고
더 행복해질 수 있도록 하라.

- 마더 테레사

정직한 사람은 타인에게 모욕을 주는 결과가 되더라도 진실을 말하며, 잘난 척하는 사람은 모욕을 주기 위해서 진실을 말한다.

- W. 헤즐리트

진리란 무엇인가? - 우리는 끝없는 바다를 떠다니는
작은 배다. 우리는 부서지는 물결에 반사되는 빛을 가
리키며 '이것이 진리이다!' 라고 말한다.

- 생트 뵈브

지식은 사람에게 필요한 무기다. 그러나 무기를 잘못
쓰면 도리어 자신을 해치듯이 지식도 진실의 뒷받침이
없으면 식자우환이라는 말처럼 오히려 몸을 망치기 쉽
다. 진정한 지식은 꾸밈새 없는 순진한 마음에서 솟아
나는 것이다. 진실과 함께 있는 지식은 불행을 물리칠
수 있는 굳센 힘이 된다. 사람은 역경에 처해 있는 때일
수록 진실한 지식을 몸에 지니도록 해야 한다. 뿐만 아
니라 순탄하고 행복한 환경에 있을 때에도 결코 참된
지식을 멀리해서는 안 된다. 왜냐하면 맑은 진실의 발
로 없이는 행복도 마침내는 파괴되고 말기 때문이다.

- 페스탈로치

책은 내가 사람들 속에서 보지 못하고 알지도 못한 인간에 대한 진실을 나에게 가르쳐 주는 힘을 갖고 있다.

– M. 고리키 〈나의 대학〉

황금이 말을 하면 진실은 입을 다문다.

– 로마 속담

사실 인생은 꿈도 아니고 연극도 아니며 하나의 가장 엄중한 사실이다. 그대가 곡식의 씨를 뿌리면 누군가가 배를 채울 것이다.
젊은 친구들이여! 그대는 무엇을 심기를 좋아하는가? 그대는 무엇을 심을 수 있는가?

– 호적 〈선집〉

세상을 살면서 나는 네 가지의 금언을 익혔다. 남을 해치는 말은 절대 하지 말라. 아무도 받아들이지 않는 충고는 하지 말라. 불평하지 말라. 그리고 설명하지 말라.

– R. F. 스콧 〈처세론〉

인생은 연극과 같다. 훌륭한 배우가 걸인도 되고, 삼류 배우가 대감이 될 수도 있다. 어쨌든 인생을 지나치게 심각하게 생각하지 말고 솔직하게 어떤 일이든지 열심히 하라.

– 후쿠자와 유키치

살아가는 것이 무거운 짐이라 생각하고 그 짐을 피하려고 하지 말라. 살아 있는 한 내가 완수해야 할 의무의 짐인 것을 깨달아야 한다. 그 짐이야 말로 우리가 이 세상에 살고 있는 사명인 것이다. 무거운 짐에서 벗어날 수 있는 오직 하나의 방법은 자기에게 부과된 사명을 다하는 것이다.

- R. W. 에머슨 〈처세론〉

세상에는 두 개의 세계가 있다. 하나는 자와 줄로 잴 수 있는 세계이고, 다른 하나는 마음과 상상으로 느끼는 세계이다.

There are two worlds; the world that we can measure with line and rule, and the world that we feel with our hearts and imaginations.

- L. 헌트 〈남자와 여자의 책〉

인생은 예술 이상의 예술이다. 우리는 저마다 자기의 인생을 조각하는 생의 예술가다. 우리 앞에는 생의 대리석이 놓여 있다. 그것은 하나의 풍성한 가능성의 세계이다. 이 가능성은 성실한 빛의 생애로 아로새겨 질 수도 있고 치욕의 어두운 생애로 형성되는 수도 있다. 이 가능성에다 어떤 내용의 현실성을 부여하느냐, 그 것은 각자가 스스로 결정할 문제다. 우리는 저마다 자기 인생의 주인이다.

– 안병욱 〈인생을 말한다〉

인생은 짧은 이야기와 같다. 중요한 것은 그 길이가 아니라 값어치다.

– L. A. 세네카 〈서한집〉

이 세상에는 단지 두 개의 비극이 있다. 하나는 원하는 것을 얻지 못하는 것이고, 다른 하나는 그것을 얻는 것이다.

In this world there are only two tragedies. One is not getting what one wants, and the other is getting it.

– 오스카 와일드 〈빛〉

아침에는 생각하고, 낮에는 행동하고, 저녁에는 먹고, 밤에는 잠들라.

– W. 블레이크 〈지옥의 격언〉

인생을 대하는 가장 비열한 태도는 인생을 우습게 여기는 것이다.

> – 루스벨트 〈파리 대학 연설 중에서〉

돈과 시간은 인생의 가장 무거운 짐이다. 어느 쪽이든 사용할 줄 아는 이상으로 가지고 있는 사람은 가장 불행한 인간이다.

Money and time are the heaviest burdens of life. The unhappiest of all mortal are those who have more of either than they know how to use.

> – S. 존슨 〈아이들러〉

인생은 왕복 차표를 발행하지 않는다. 한 번 떠나면 두 번 다시 돌아올 수가 없다.

- 로망 롤랑 〈매혹된 영혼〉

인생이란 베틀이다. 그것으로 환상을 짠다.

- D. 린드세이 〈수필집〉

인생은 계산하는 것이 아니라 그림을 그리는 것이다.

Life is painting a picture, not doing a sum.

- O. W. 홈즈 〈연설집〉

인생의 목적은 끊임없는 전진이다. 사람들은 자기 자신을 세우며 올라가려고 한다. 아득히 먼 곳을 응시하며 이 세상의 것이 아닌 미를 보려고 한다. 때문에 인생은 높이가 필요하다.

높이가 필요하기 때문에 계단이 필요한 것이며, 계단과 그것을 올라가는 사람들의 갈등이 필요한 것이다. 삶은 올라가려고만 한다. 올라가면서 자기를 극복하려고 하는 것이다.

– 니체 〈인생론〉

인생이란 것은 잇따라 끊임없이 즐거운 일만 계속되는 피크닉 드라이브 같은 것은 아니다. 빛과 그늘, 산과 골짜기와 명암이 엇갈리는 변화에 넘친 여정인 것이다. 불행이나 괴로움은 그것과 직접 얼굴을 맞대기가 싫다고 해서 담요를 뒤집어쓰고 눈을 가리고 있으면 언젠가는 없어져 버리는 유령 같은 것이 아니다. 불행도 괴로움도 그것대로 없앨 수 없는 인생의 한 부분이므로 우리의 성장과 성숙은 그것들에 대한 우리들의 태도와 밀접하게 맺어져 있는 것이다.

– 카네기 〈인생론〉

나는 잠을 잤다. 그리고 아름다운 인생의 꿈을 꾸었다.
나는 잠을 깼다. 그리고 인생은 의무라는 것을 알았다.
그러면 당신의 꿈은 그림자 같은 거짓말이었나? 슬픈
마음아, 용감하게 계속 수고하라. 그러면 그대의 꿈이
그대에게 한낮의 빛과 진리임을 알게 할 것이다.

I slept, and dreamed that life is beauty; I woke,
and found that life is duty. Was thy dream then a
shadowy lie? Toil on, sad heart, courageously,
And thou shalt find thy dream to be. A noonday
light and truth to thee.

- E. S. 후퍼 〈미와 의무〉

우리는 두 개의 인생을 가지고 있다. 인간의 영혼은 돌고 도는 지구와 같아 절반은 낮이고 절반은 밤 속에 잠겨 있다. 한쪽엔 음악과 떠도는 구름이 있고, 다른 한쪽엔 침묵과 깨어 있는 별들이 있다.

We have two lives: The soul of man is like the rolling world. One half in day, the other dipt in night; The one has music and the flying sloud. The other, silence and the wakeful stars.

- A. 스미드 〈호트론〉

어쨌든 인생이란 고작해야 고집이 센 아이와 같다. 잠들기 전까지는 조용히 놀아주기도 하고 달래주기도 해야 하지만 일단 잠들고 나면 걱정이 끝나는 것이다.

- W. 텐플

인생에는 독특한 리듬이 있다. 우리는 이 리듬의 아름다움을 깨달아야 한다. 대교향악을 들을 때와 같이 그 악상, 그 난파조, 그 마지막 대협화음을 음미할 줄 알아야 한다. 인생의 음악은 각자가 작곡해 나가지 않으면 안 된다. 사람에 따라서는 불협화음이 점점 퍼져서 나중에는 멜로디의 주조를 압도하거나 말살해 버리는 수가 있다. 또 때로는 불협화음이 너무 강해서 멜로디가 중단되어 권총 자살도 하고 강물에 뛰어들기도 한다. 이러한 인생은 별도로 치고 정상적인 인생은 엄숙한 행진이나 행렬처럼 끝까지 지속되는 법이다. 그러나 잡음이나 단음이 지나치게 많은 경우가 있다. 그럴 때는 템포가 잘못된 것이므로 불쾌하게 들린다. 저 낮과 밤을 가리지 않고 유유히 흘러서 바다로 들어가는 큰 강물의 웅장한 템포야말로 우리가 동경하는 것이다.

－ 임어당 〈생활의 발견〉

인생은 한 권의 책과 비슷하다. 어리석은 사람은 아무렇게나 책장을 넘겨가지만, 현명한 사람은 차분히 읽는다. 왜냐하면 그들은 단 한 번밖에 그것을 읽지 못한다는 것을 알고 있기 때문이다.

– 장 파울

병들어 자리에 누워서야 비로소 건강의 고마움을 알고, 난세를 당하고 난 후에야 평화의 고마움을 알아서는 민첩하다고 할 수 없다. 건강할 때 건강의 고마움을 모른다는 것은 불행한 일이며, 평화로울 때 평화의 고마움을 깨닫지 못하는 것도 불행한 일이다. 사람은 잠시 한 걸음 물러서서 자기를 뒤돌아 볼 필요가 있다. 행복만을 찾아 달리다가는 도리어 불행을 만날 수도 있다는 것을 깨달아야 한다. 자기만은 영원토록 살 것이라고 생각하는 것도 생명을 갉아먹는 것이다. 바로 이런 점을 깨닫는 것이 인생의 가장 높은 지식이다.

– 채근담

어떻게 죽느냐가 문제가 아니라 어떻게 사느냐가 문제다.

– 버틀러 〈편지 중에서〉

벗이여, 모든 이론은 회색이지만, 실제 인생이라는 황금 나무는 항상 푸르름이 솟는다.

All theory, dear friend, is gray, but golden tree of actual life springs ever green.

– 괴테 〈파우스트〉

인간의 삶은 둘도 없이 귀중한 것인데도 불구하고 우리들은 언제나 무언가 다른 것이 삶보다 훨씬 더 큰 가치가 있는 듯이 행동한다. …… 그러나 그 다른 무엇이란 어떤 것인가?

Although human life is priceless, we always act as if something had an even greater price than life…… But what is the something?

– 생텍쥐페리 〈야간 비행〉

약한 것보다는 선한 것이 더 현명하고, 사나운 것보다는 유순한 것이 더 안전하며, 미친 것보다는 제정신인 것이 더 온당하다.

It's wiser being good that bad. It's safer being meek that fierce. It's fitter being sane than mad.

– R. 브라우닝 〈명확한 실패〉

모든 인간의 일생은 신의 손으로 그려진 동화다.

− 안데르센 〈동화집〉

인생은 석재다. 여기에 신의 모습을 조각하느냐 악마
의 모습을 조각하느냐는 개인의 자유다.

− 스펜서

인생이란, 차표를 사서 궤도 위를 달리는 안전한 전차
에 올라타는 사람은 알 수 없는 것이다.

− 서머셋 모음 〈작가의 수첩〉

인생은 혼자서 태어나서 혼자서 살다가 혼자서 죽는 영원한 고아이다. 그러므로 따스한 정을 찾고, 광명을 찾는다.

– 법구경

사는 것이 힘들다고 낙망하지 말라. 어깨에 짊어진 무거운 짐이, 스스로의 사명을 완수하도록 강요한다. 이 짐에서 벗어나는 길은 자기의 사명을 완수하는 길뿐이다. 당신에게 맡겨진 일에 책임을 다했을 때 무거운 짐에서 벗어날 수 있다.

– 에머슨

사랑이 없는 젊은이, 지혜가 없는 노인, 이들은 실패한
인생이다.

– 스웨덴 격언

산다는 것은 무엇을 의미하는가? 죽어 가는 것을 끊임
없이 자신으로부터 몰아내는 것이다. 산다는 것은 내
몸에서 일체의 약하고 늙은 것에 대해서 잔혹하게 대
하는 것이다.

– 니체

인간은 항상 시간이 모자란다고 불평을 하면서
마치 시간이 무한정 있는 것처럼 행동한다.

– 세네카

인생은 학교와 같다. 행복보다는 불행이 더 훌륭한 스
승이다.

– 프리체

속도를 줄이고 인생을 즐겨라.
너무 빨리 가다보면 놓치는 것은 주위 경관 뿐이
아니다.
어디로 왜 가는지도 모르게 된다.

– 에디 켄터

살다 보니 이 세상엔 너무나 불행이 많아 우리는 그만 웃지 않을 수 없다. 그러나 그 웃음은 보조개를 만들지 않고 주름살을 만든다.

– O. W. 홈즈

위대한 사람은 한꺼번에 그처럼 높은 곳에 뛰어오른 것이 아니다. 동반자들이 단잠을 잘 때에 그는 일어나서 괴로움을 이기고 일에 몰두했던 것이다. 인생은 잠자고 쉬는 데 있는 것이 아니라 한 걸음 한 걸음 나아가는 데에 있다. 성공의 한 순간이 실패의 수년을 보상해준다.

– 브라우닝

삶이 자유이듯 죽음도 자유이다. 죽음은 오히려 삶보다도 더 많은 자유를 가져다 줄 것이다. 왜냐하면 참된 자유는 영혼의 세계에서만 가능하기 때문이다.

– 브하그완